Débora Garofalo

ROBÓ TICA COM SUCATA II

UMA AVENTURA PELA CRIATIVIDADE

Ilustrações de Carlo Giovani e Fabio Corazza

1ª edição

2023

TEXTO © DÉBORA GAROFALO, 2023
ILUSTRAÇÕES © CARLO GIOVANI E FABIO CORAZZA, 2023

DIREÇÃO EDITORIAL: Maristela Petrili de Almeida Leite
COORDENAÇÃO DE EDIÇÃO DE TEXTO: Marília Mendes
EDIÇÃO DE TEXTO: Giovanna Di Stasi
COORDENAÇÃO DE EDIÇÃO DE ARTE: Camila Fiorenza
ILUSTRAÇÕES DE CAPA: Carlo Giovani
ILUSTRAÇÕES DE MIOLO: Carlo Giovani, Fabio Corazza
PROJETO GRÁFICO E DIAGRAMAÇÃO: Michele Figueredo
COORDENAÇÃO DE ICONOGRAFIA: Luciano Baneza Gabarron
PESQUISA ICONOGRÁFICA: Márcia Mendonça
COORDENAÇÃO DE REVISÃO: Thaís Totino Richter
REVISÃO: Nair Hitomi Kayo
COORDENAÇÃO DE *BUREAU*: Everton L. de Oliveira
PRÉ-IMPRESSÃO: Ricardo Rodrigues, Vitória Sousa
COORDENAÇÃO DE PRODUÇÃO INDUSTRIAL: Wendell Jim C. Monteiro
IMPRESSÃO E ACABAMENTO: EGB Editora Gráfica Bernardi Ltda.
LOTE: 782614
COD: 120009300

Dados Internacionais de Catalogação na Publicação (CIP)
(Câmara Brasileira do Livro, SP, Brasil)

Garofalo, Débora
   Robótica com sucata II : uma aventura pela
criatividade / Débora Garofalo ; ilustrações de
Carlo Giovani, Fabio Corazza. — São Paulo : Santillana
Educação, 2023.

   ISBN 978-85-527-2917-4

   1. Faça você mesmo 2. Robótica (Ensino
fundamental) 3. Sustentabilidade 4. Tecnologia
educacional I. Giovani, Carlo. II. Corazza, Fabio
III. Título.

23-173122   CDD-372.358

Índice para catálogo sistemático:

1. Robótica : Ensino fundamental   372.358

Eliane de Freitas Leite - Bibliotecária - CRB 8/8415

REPRODUÇÃO PROIBIDA. ART. 184 DO CÓDIGO PENAL E LEI Nº 9.610, DE 19 DE FEVEREIRO DE 1998.

Todos os direitos reservados
EDITORA MODERNA LTDA.
Rua Padre Adelino, 758 – Quarta Parada
São Paulo – SP – Brasil – CEP 03303-904
Vendas e atendimento: Tel. (11) 2790-1300
www.moderna.com.br
2023
Impresso no Brasil

Sonho com uma escola onde a criatividade não seja regra, o aprendizado seja significativo e as experiências possam transcender os limites da sala de aula!

Assim, dedico esta obra a todos aqueles que sonham diariamente comigo, em especial, minha mãe Lourdes Macário (in memorian), meu querido esposo Giovanni Garofalo, minha querida filha Giovanna Dias Garofalo, aos antigos e novos estudantes, que me inspiram todos os dias a ser melhor e a lutar por uma educação transformadora.

E a todos colegas professores que verdadeiramente promovem a educação no chão da sala de aula e são os agentes da transformação, em especial, os amigos Rennan Pardal Wilchez e Carlos César Borges Filho, que contribuíram para idealização dessa obra.

Que a educação possa ser impulsionada pela criatividade com qualidade e equidade!

SUMÁRIO

A CULTURA DO FAÇA VOCÊ MESMO, 6

PLUGADA E DESPLUGADA, 10

PENSAMENTO COMPUTACIONAL, 20

PROGRAMAÇÃO PLUGADA, 36

ROBÓTICA, 40

ROBÓTICA COM SUCATA, 42

IDEALIZANDO NOVOS PROJETOS, 58

FINAL DA AVENTURA, 62

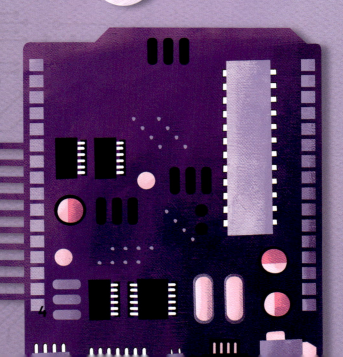

Começo de conversa

Chegou o momento de conhecermos novas possibilidades de aprendizado através da cultura *maker*, da programação e da robótica, para juntos embarcarmos em novas experiências e construções! Vamos aprender uns com os outros, a fim de desenvolver habilidades e competências essenciais para resoluções colaborativas de problemas e mobilizar conhecimentos que aprendemos na escola, usando nossa imaginação para criar projetos com diferentes artefatos e funcionalidades.

Esta obra complementa o livro **Robótica com Sucata**, que foi um primeiro contato com os temas de cultura *maker* e robótica. Aqui, em **Robótica com Sucata II**, você encontra questões, reflexões e atividades aprofundadas, que servem de incentivo à produção e pesquisas sobre o tema, trazendo possibilidades de criações e invenções para que você, querido(a) leitor(a) possa mergulhar e interagir ativamente neste ambiente plugado e desplugado, de maneira protagonista.

Prontos para embarcar nessa aventura pelo universo do faça você mesmo?

A CULTURA DO FAÇA VOCÊ MESMO

A cultura **maker** é uma filosofia e um movimento que traz como interesse a **cultura do *conserte você mesmo*** e ou ***crie você mesmo***. Esse movimento teve início em garagens, inicialmente nos Estados Unidos, e depois espalhou-se pelo mundo.

*Maker: do verbo em inglês to make, que significa **fazer**, aqui no sentido de criar e também de construir algo, utilizando nossas mãos e experiências de aprendizado.*

A palavra filosofia vem do grego *philosophia*, que significa "amor pela sabedoria" e está relacionada ao estudo de questões gerais e fundamentais sobre a existência, conhecimento, valores, razão, mente e linguagem, frequentemente colocadas como problemas a se resolver.

Atribui-se a criação do termo a Pitágoras (c. 570 a.C.-c. 495 a.C.) filósofo e matemático grego que contribuiu muito nas áreas de Matemática, Música e Astronomia.

Busto de Pitágoras.

6

Evolução dos computadores

O termo *maker* ganhou força no contexto de uma nova cultura e surgiu em meados de 1970 com o computador pessoal. Confira a evolução do primeiro computador até os que utilizamos atualmente.

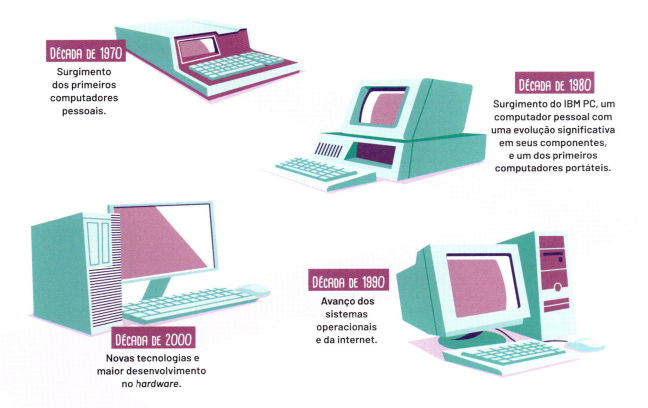

Década de 1970
Surgimento dos primeiros computadores pessoais.

Década de 1980
Surgimento do IBM PC, um computador pessoal com uma evolução significativa em seus componentes, e um dos primeiros computadores portáteis.

Década de 1990
Avanço dos sistemas operacionais e da internet.

Década de 2000
Novas tecnologias e maior desenvolvimento no *hardware*.

Década de 2010
Produção em massa dos computadores, evolução da conectividade e da inteligência artificial.

Muitas palavras que usamos para programar e produzir robótica são da língua inglesa. Por isso, que tal fazer um **glossário** para as palavras novas que vamos conhecer? Você pode confeccionar um caderno de anotações com folhas reutilizadas, escrever os termos, seus significados e ainda fazer desenhos para ilustrar este novo conhecimento, explorando a criatividade.

Personalidades do mundo da tecnologia

Em garagens pelo mundo nasceram muitos equipamentos que conhecemos hoje, como os computadores, os telefones sem fio, os celulares e também programas de computador. Nos anos 1960 e 1970, as pessoas passaram a ter o hábito de criar ou consertar objetos de diferentes naturezas. Jovens que testavam seus conhecimentos nessas oficinas improvisadas em garagens se tornaram grandes nomes da tecnologia. Conheça dois deles.

Software: são os programas, aplicativos e conjunto de instruções de um equipamento, enquanto hardware são suas partes físicas, como monitor, teclado, mouse etc.

Bill Gates fundou, aos 19 anos, a Microsoft, hoje conhecida como uma das maiores empresas de *software* do mundo. É também um dos pioneiros na popularização do computador pessoal voltado para o consumidor comum.

Steve Jobs (1955-2011) foi um inventor e empresário, cofundador, presidente e diretor-executivo da Apple. Jobs foi responsável por revoluções em diversos segmentos, como de filmes de animação, *smartphones* e publicações digitais.

Em 2005, surgiu uma revista nos Estados Unidos que difundia projetos tecnológicos: eram os primórdios da revista *Make:*, que circula até hoje. Em 2006, essa publicação organizou a primeira feira, chamada *Maker Faire*, e este evento passou a ser ponto de encontro anual de adeptos do movimento *maker* (chamados de *makers* ou fazedores) em algumas cidades do mundo. As trocas entre os *makers* não são apenas virtuais, acontecendo também em laboratórios que reúnem empreendedores, pesquisadores e entusiastas desse movimento.

saiba +

A revista *Make:* continua sendo editada e atualmente e disponível *online*. Embora esteja em em inglês, o *site* pode ser traduzido para o português em seu navegador. Nele é possível conhecer comunidades, ver experiências e saber um pouco mais a respeito do mundo *maker*. Descubra mais em: mod.lk/makerf. Acesso em: 15 set. 2023.

A cultura *maker* ganhou muita força na educação e com ela é possível trabalhar de duas formas: com construção de atividades mais concretas, que chamamos de **desplugadas**, e atividades digitais, que chamamos de **plugadas**. Guarde esses nomes, pois vamos usá-los muito ao longo da nossa aventura!

A **programação desplugada** consiste em um conjunto de atividades desenvolvidas com o objetivo de ensinar os fundamentos da ciência da computação sem a necessidade de computadores. Já a **programação plugada** é ligada à internet por meio de um provedor de acesso, o que possibilita a conexão entre seu computador e a rede mundial de computadores.

DIY – Do it yourself, ou Faça você mesmo

A cultura *maker* se apoia no movimento do "faça você mesmo" (ou DIY, abreviação de "do it yourself", em inglês). Esse movimento se apropria de ferramentas, como as placas programáveis (Arduino, Makey Makey, micro:bit), impressoras 3D, cortadoras a *laser* e *kits* de robótica, de prototipagem e de fabricação de produtos, soluções e projetos. Também possui pilares importantes que irão nos acompanhar em nossa jornada.

Arduino

Kit de robótica

Makey Makey

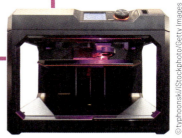
Impressora 3D

Cortadora a laser

micro:bit

11

Pilares makers

- **Criatividade**: Podemos criar, inventar, transformar e modificar diferentes objetos.

- **Colaboração**: A capacidade de troca é a grande ferramenta a ser utilizada, podendo acontecer de forma virtual ou presencial.

○ **Escalabilidade**: O que é produzido pode ser multiplicado.

○ **Sustentabilidade**: Toda solução deve olhar para as questões sustentáveis e ambientais.

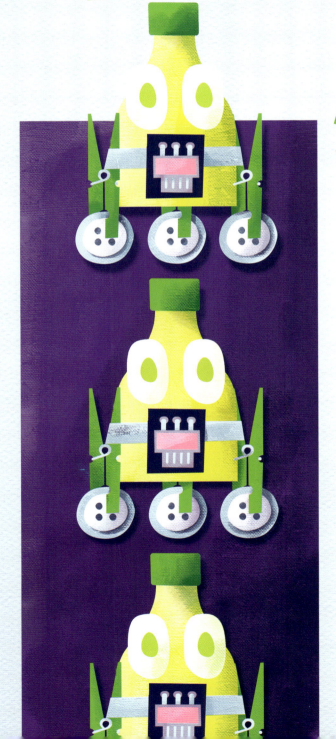

Cada pilar da cultura *maker* permite uma ação que possibilita que a ação de outro pilar ocorra. Por exemplo, em uma atividade *maker*, a **criatividade** é trabalhada em projetos que podem envolver materiais recicláveis, associados a ações **sustentáveis**. Um projeto pode promover a **colaboração** entre você e seus colegas, além da **escalabilidade** pela produção em conjunto.

Materiais recicláveis

Muitos materiais que usamos no dia a dia são recicláveis e, se descartados incorretamente, podem trazer danos grandes à natureza. Você sabe quanto tempo cada material reciclável demora para se decompor na natureza?

Embalagens longa vida: mais de 100 anos

Vidro: tempo indeterminado

Canudos plásticos: mais de 200 anos

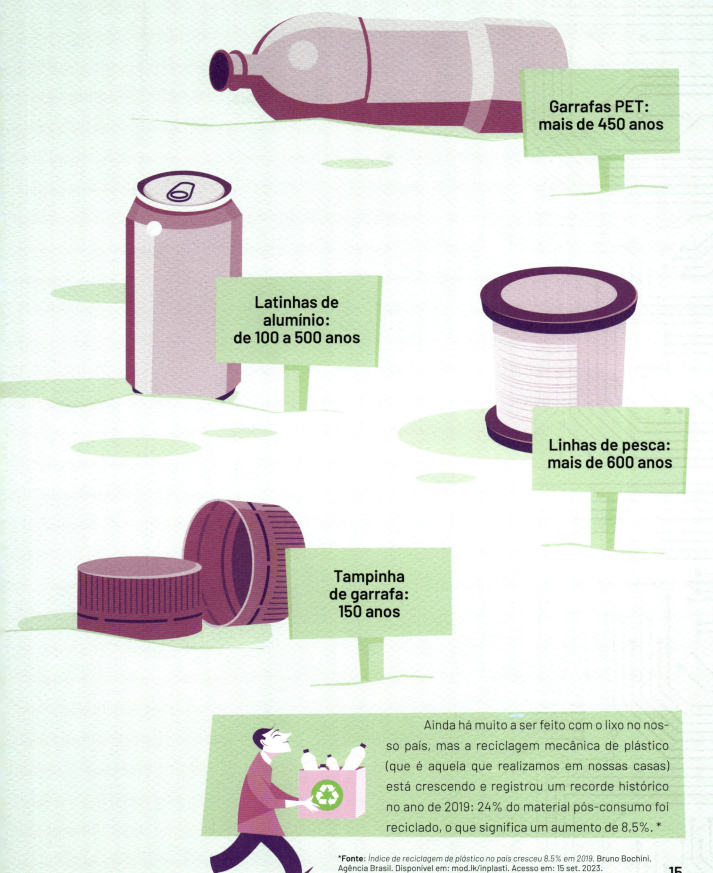

Brinquedo vai-e-vem

Agora, sabendo dos danos ambientais causados pela não reciclagem do plástico, que tal criar um brinquedo com materiais que você tem em casa? Não se esqueça de pedir a um adulto para ajudar com materiais cortantes.

Siga o mestre: Passo a passo

Materiais necessários

Duas garrafas PET

Tesoura sem ponta

Fita adesiva ou crepe

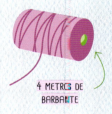

4 metros de barbante

Corte duas garrafas PET como indicado.

Una as duas pontas com fita adesiva ou crepe.

Use a criatividade para enfeitar seu brinquedo.

Tire as tampinhas e passe, por dentro do brinquedo, dois fios de barbante, de 2 metros cada um. Regule o barbante de acordo com a abertura de seus braços e não deixe que eles se cruzem.

Recorte quatro tiras usando o restante das garrafas. Elas serão as alças do brinquedo. Amarre os barbantes nelas.

Depois de pronto, convide os amigos para brincar com sua invenção e o ensine a reciclar e realizar o brinquedo vai-e-vem!

E que tal montar um clube de defensores da natureza? Com alguns alfinetes, tampinhas de metal e ou plástico, cola quente, papéis coloridos e muita criatividade você pode criar *bottons* e espalhar essa ideia na escola e pelo bairro!

Mão na massa

Jogo dos 5Rs

Você aprendeu que ser *maker* é também ter ações sustentáveis, sem deixar de exercitar a criatividade e o pensamento crítico. Quais destas ações, relacionadas ao 5Rs (reduzir, reciclar, reutilizar, recusar e repensar), você pratica? Descubra fazendo este jogo reciclando materiais.

Siga o mestre: Passo a passo

Materiais necessários

Cinco tampinhas de garrafa PET

Caneta hidrocor ou caneta permanente

1. Escreva cada um dos 5Rs em uma tampinha de garrafa a caneta.

2. Leia os 5Rs e coloque as tampinhas em cima da frase correspondente, elencando e praticando os 5R's.

Dica

Lembre-se: caso não possua algum dos materiais, você pode substituí-lo por outro. Use sua criatividade!

INÍCIO ⬇

SIGA ➡ Diminuir a quantidade de resíduos gerados.

Usar embalagens mais de uma vez.

Comprar apenas produtos indispensáveis, avaliando sua real necessidade.

SIGA ⬇

SIGA ⬆

SIGA ➡

Evitar embalagens que possam causar impactos ambientais.

Transformar resíduos em materiais para novos produtos.

PARABÉNS! Você aprendeu sobre os **5RS.**

FIM

PENSAMENTO COMPUTACIONAL

Você já aprendeu sobre ações sustentáveis e chegou a hora de ver mais sobre o **pensamento computacional** e compreender como ele está presente em nosso dia a dia, relacionado a ações sustentáveis.

Pensamento computacional: é o processo de pensamento envolvido na formulação de um problema e na expressão de sua solução, de forma que um computador possa efetivamente realizar.

Diariamente programamos ações, como colocar o nosso celular para despertar, planejar atividades que precisamos realizar em casa e na escola, descrevendo na agenda ou em blocos de lembretes, dando comandos e prioridades para que isso ocorra. Na **linguagem de programação** isso não é diferente.

Assim, a linguagem de programação corresponde a um processo de escrita, em que nós, "usuários", damos os respectivos comandos para fazer algo se movimentar e/ou funcionar.

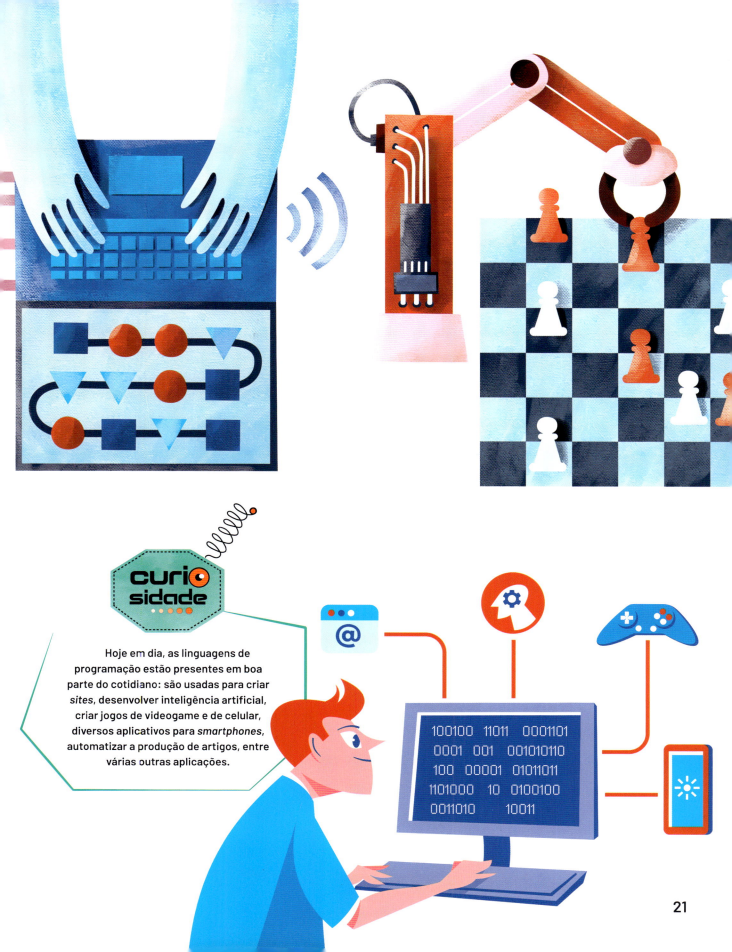

curiosidade

Hoje em dia, as linguagens de programação estão presentes em boa parte do cotidiano: são usadas para criar *sites*, desenvolver inteligência artificial, criar jogos de videogame e de celular, diversos aplicativos para *smartphones*, automatizar a produção de artigos, entre várias outras aplicações.

ETAPAS DO PENSAMENTO COMPUTACIONAL

O pensamento computacional pode ser definido como uma habilidade para resolver desafios e não se baseia apenas em saber navegar na internet, mandar *e-mail* ou fazer publicações em *blogs*. O que faz parte deste tipo de pensamento é compreender o funcionamento do computador como instrumento e ferramenta para resolver problemas. Ele é composto por quatro etapas:

1 DECOMPOSIÇÃO
Quando nos deparamos com um problema complexo, podemos dividi-lo em pequenas partes. Assim, é possível solucioná-lo com mais facilidade.

2 RECONHECIMENTO DE PADRÕES
Após decompor o problema em partes menores, passamos a identificar os aspectos que são comuns em processos para a resolução do problema e que se repetem com uma certa frequência. Compreendendo esses padrões, é possível entender com mais facilidade um determinado problema.

3 ABSTRAÇÃO
Após compreender os padrões, passamos a dar prioridade aos elementos que têm maior relevância, diferenciando-os daqueles que podem ser deixados de lado. O objetivo é buscar os princípios mais gerais para a solução.

4 ALGORITMO
Já com uma alternativa para a solução do problema proposta, torna-se possível estabelecer um grupo de regras, elaborando um processamento passo a passo. A programação é realizada através de algoritmos, que são uma sequência lógica de passos para realizar uma tarefa ou resolver um problema.

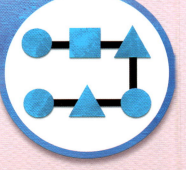

A palavra "algoritmo" só surgiu na Idade Média. Ela vem do nome do persa Muhammad ibn Musa al-Khwarizmi, que foi astrônomo na Casa de Sabedoria do Califado Abássida, em Bagdá.

©Konstik/iStockphoto/Getty Images

Em nosso dia a dia utilizamos algoritmos para realizar nossas atividades, definindo uma sequência de passos que devemos seguir para atingir o nosso objetivo. Um exemplo simples é uma receita, composta de uma lista de ingredientes e seu modo de preparo.

saiba +

O primeiro algoritmo no mundo foi desenvolvido por uma mulher, **Ada Lovelace (1815-1852)**, uma das responsáveis pelo computador que temos hoje. Em seu envolvimento com o projeto de máquina analítica, Lovelace traduziu a transcrição de uma palestra e fez em sua tradução anotações, classificadas alfabeticamente de "A" a "G". Foi nesta última que Lovelace descreveu um algoritmo para ser processado pela máquina analítica de Charles Babbage, máquina robusta considerada uma precursora dos computadores, e isso rendeu a ela o título de primeira programadora da história.

Mulheres programadoras

Vamos conhecer outras mulheres que estão fazendo a diferença no mundo da programação?

© Ana Branco/Agência O Globo

© Edilson Dantas/Agência O Globo

Nina da Hora, como é conhecida Ana Carolina Silva das Neves da Hora, é cientista da computação, pesquisadora e *hacker* antirracista e vem se destacando como uma ativista em sua área, descomplicando a tecnologia para facilitar a inclusão digital. Nina é colunista, membro do conselho consultivo de segurança do TikTok no Brasil, tem um canal no YouTube chamado **Computação Sem Caô** e um *podcast* chamado **Ogunhê**, em que entrevista cientistas negros. Conheça mais sobre ela em mod.lk/ninahora.

Camila Achutti é cientista da computação, formada pela USP, mestre pela mesma instituição. Camila cuida do *blog* "Mulheres na Computação", que tem como propósito incentivar mulheres a entrar na área da tecnologia e empreender. O *blog* surgiu quando se deparou com uma foto da primeira turma de ciência da computação da USP com 70% de mulheres. Camila tem como missão ajudar meninas a terem a vida transformada pela tecnologia. Ela ainda é CEO e co-fundadora da Mastertech, uma plataforma de educação em tecnologia.

Arquivo pessoal

Débora Garofalo, formada em Letras e Pedagogia, com especialização em Língua Portuguesa pela Unicamp, Mestra em Educação pela PUC-SP e FabLearn Fellow, Columbia, EUA. Idealizadora do trabalho de Robótica com Sucata, política pública presente em mais de 5400 escolas do estado de São Paulo e uma metodologia de ensino. Débora compreende que sua missão é democratizar o acesso à tecnologia e inovação nas escolas brasileiras, através do seu trabalho. Além disso, escreve sobre inovação, tecnologia e é autora de livros, como este e o *Robótica com Sucata*. Pelo trabalho realizado na Educação Pública, recebeu diversos prêmios importantes, entre eles: "Professores do Brasil 2018", "Desafio de Aprendizagem Criativa do MIT 2019", "Medalha de Pacificadores da ONU 2019", "Medalha MMDC Núcleo Caetano de Campos 2022", "Prêmio de Responsabilidade Socioambiental 2023" e considerada uma das 10 melhores professoras do mundo pelo Global Teacher Prize 2019, o equivalente ao prêmio Nobel da Educação.

A PROGRAMAÇÃO E SUAS PROFISSÕES

Hoje em dia é preciso aprender a programar para não sermos apenas consumidores de tecnologia, mas também produtores, conhecendo o que há por trás de uma notícia ou ainda ter certeza de que aquela informação é confiável. Atualmente, muitas profissões são realizadas a partir da programação; vamos conhecer algumas áreas?

ANÁLISE E DESENVOLVIMENTO DE SISTEMAS

Os profissionais desta área projetam, desenvolvem e mantêm sistemas de *software*. É preciso ter conhecimentos em programação, gerenciamento de projetos, banco de dados, entre outros tópicos para implementar soluções de problemas de tecnologia.

PROGRAMAÇÃO/ DESENVOLVIMENTO DE *SOFTWARE*

Desenvolvedores(as) de *software* criam, mantêm e aprimoram *softwares* por meio de códigos de programação, desenvolvendo *sites*, plataformas digitais e aplicativos para computadores e celulares.

DESENVOLVIMENTO DE JOGOS DIGITAIS

Se você gosta dos mundos de TI e de *games*, a formação em Jogos Digitais pode ser seu caminho. O profissional desta área idealiza, produz e programa jogos 3D e 2D, que podem ser educativos, de ação, de simulação, entre outros, utilizando suas habilidades de programação e roteirização.

ESSE É UM CAMPO QUE VEM CRESCENDO MUITO, E ESSAS SÃO APENAS ALGUMAS DAS ÁREAS DE ATUAÇÃO. E VOCÊ, JÁ PAROU PARA PENSAR QUAL PROFISSÃO GOSTARIA DE TER?

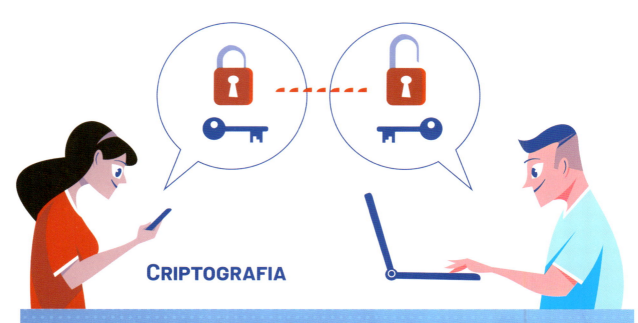

CRIPTOGRAFIA

A **criptografia** é um conjunto de técnicas pensadas para proteger uma informação, de modo que apenas o emissor e o receptor da mensagem consigam compreendê-la. É utilizada em comunicações digitais, como na troca de mensagens ou em pagamentos *online*, e faz parte da linguagem de programação.

© Spencer Platt/Getty Images

saiba +

A criptografia moderna nasceu durante a Segunda Guerra Mundial. Naquele momento era essencial manter informações secretas, evitando possíveis ataques, e foi por isso que os alemães desenvolveram uma máquina chamada "Enigma".

Mão na massa

MENSAGEM SECRETA

Para decifrar essa mensagem, observe a tabela de *emojis* abaixo. Relacione as imagens que correspondem às letras do alfabeto e forme frases, vamos nessa?

A	🙂	B	😃	C	😄	D	😁	E	😆
F	🤣	G	😊	H	😇	I	🙂	J	🙃
K	😍	L	🤗	M	😘	N	😗	O	😙
P	😊	Q	😊	R	😝	S	😉	T	🤪
U	🧐	V	🤓	X	😎	Z	🤩		
1	🥳	2	😔	3	😞	4	😌	5	😟
6	😟	7	😅	8	😉	9	😌	10	😐
!	😏	?	😱	,	😂	Espaço entre palavras		😷

Resposta:
Olá, tudo bem?
Essa é uma mensagem codificada!

APÓS REALIZAR ESSA ATIVIDADE, QUE TAL CRIAR UMA OUTRA MENSAGEM PARA SEUS COLEGAS DECIFRAREM?

CHARADAS

Você sabia que as charadas também são uma forma de programação? Charadas são enigmas que, dependendo de seu conteúdo, podem nos fazer rir ou mesmo fundir a cuca. Seja como for, é um passatempo delicioso! Que tal desvendar essa?

No caminho de casa até o mercado, Carlinhos conta 10 árvores à sua direita. Após as compras, ele volta para casa e conta 10 árvores à sua esquerda. Quantas árvores Carlinhos viu no total nesse dia?

Resposta: Dez. São as mesmas dez árvores vistas de diferentes perspectivas. Na ida, as árvores estavam à direita de Carlinhos, mas na volta, quando ele estava no sentido contrário da rua, as plantas estão à esquerda.

Primeiros passos na programação

Vamos começar a programar, ainda de forma desplugada. Observe o tabuleiro a seguir. Para completar sua sequência, será necessário usar o raciocínio lógico.

Nosso amiguinho Rennan deverá recolher o lixo orgânico e levá-lo até a lixeira. Como o Rennan deverá fazer isso? Quais serão os comandos necessários para que ele cumpra esta ação?

Observe que, ao lado do tabuleiro, há setas representando as direções a serem tomadas para que ele cumpra seu objetivo, enquanto a imagem da mão representa a ação de pegar e soltar objetos.

Você pode reproduzir os comandos em uma folha de papel e usar na imagem para guiar o Rennan. Vamos nessa?

Junte os amigos e faça um tabuleiro maior e ou recrie algum jogo popular, como a amarelinha, e coloque desafios para que os colegas possam desvendar essa programação.

29

Pixel

Pixel é um termo em inglês (lembre-se de anotar no seu glossário), e é a junção das palavras *picture* e *element*, ou seja, "elemento de imagem".

Ele está presente no mundo digital, em filmes, animações e capturas fotográficas, e também é parte importante das telas de TVs, monitores e *smartphones* e de sensores de câmeras. Um *pixel* é a menor unidade que compõe esse tipo de imagem digital; ao ampliá-la, será possível ver vários minúsculos quadrados que, juntos, formam a figura.

Para que o computador grave uma imagem, ele deverá identificar os pontos pretos e brancos em uma tabela parecida com essa a seguir.

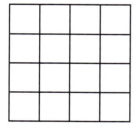

Tal figura será composta por sequências numéricas horizontais, em que sempre iniciaremos com a quantidade de *pixels* brancos. Se iniciarmos com zero, o *pixel* que iniciará a sequência será preto.

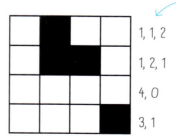

Observe os números na lateral. A sequência da primeira linha está ditando "Um quadrado branco, um quadrado preto, dois quadrados brancos" e da terceira linha "quatro quadrados brancos, zero quadrados pretos".

Para vermos se você realmente entendeu, vamos desvendar a imagem abaixo? Cada número corresponde à quantidade de quadradinhos brancos e rosa, alternadamente e nesta ordem.

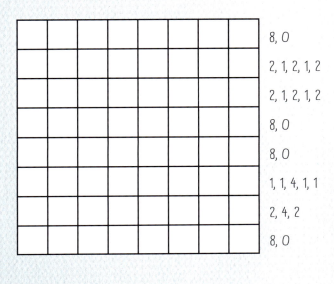

Você deve ter chegado neste resultado:

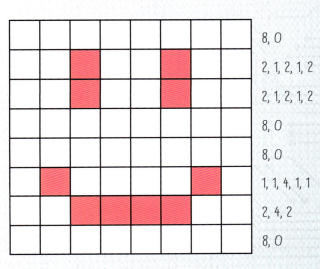

Reproduza a tabela em branco em uma folha, na lousa, papelão ou cartolina e acrescente, na lateral, as instruções para formar uma imagem em pixel. Veja algumas inspirações!

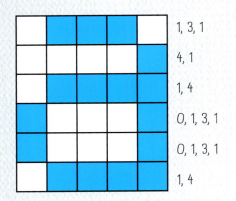

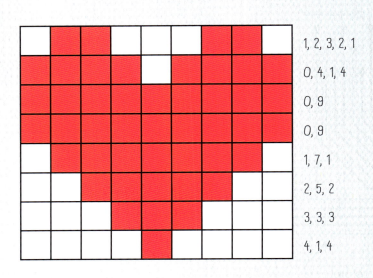

31

NÚMEROS BINÁRIOS

O **sistema binário** (ou de base 2) é um sistema de numeração posicional em que todas as quantidades se representam com base em dois números: 0 e 1.

Os números binários formam um sistema matemático usado por computadores para criar informações, com uma linguagem própria. Veja só, o uso da matemática em situações diversas não diz respeito somente ao ser humano! Como vimos, é um sistema composto por uma base de apenas dois algarismos: 0 e 1. Essa sequência forma letras, palavras, textos e até cálculos, que os computadores resolvem com rapidez e praticidade.

Todas as informações (ou *inputs*) que o computador recebe só podem ser compreendidas pela máquina na forma de sequências numéricas de 0 e 1 (*off* e *on*). Essa é a verdadeira língua do computador, conhecida como linguagem da máquina.

Assim, quando o computador lê um comando dado por qualquer linguagem de programação, ele precisa, antes, traduzir esse comando para uma sequência de 0 e 1 que funcionam como sistema binário.

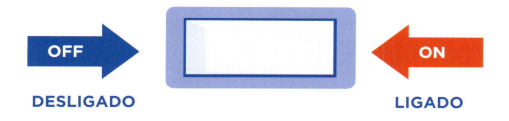

Curiosidade

A criação do sistema de numeração binária é atribuída ao matemático alemão Gottfried Leibniz. Você conhece algum outro inventor? Que tal pesquisar um pouco sobre as invenções modernas?

33

Mão na massa

Jogo binário

Como vimos, tudo tem um porquê para que as coisas funcionem. Existe um cálculo para o sistema binário, mas, para que você possa compreender esse sistema aparentemente complexo, vamos começar com algo diferente, simples e lúdico, aprendendo assim a criar tecnologia e entendendo como ela realmente funciona. Vamos aprender sobre os computadores sob a ótica de vivência de experiências.

Siga o mestre: Construindo o seu projeto

Materiais necessários

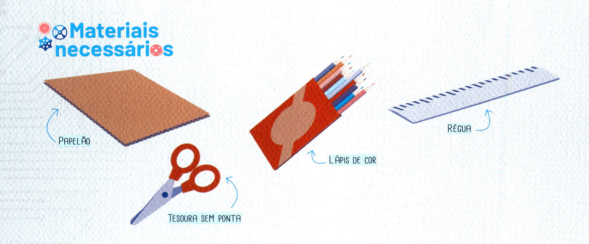

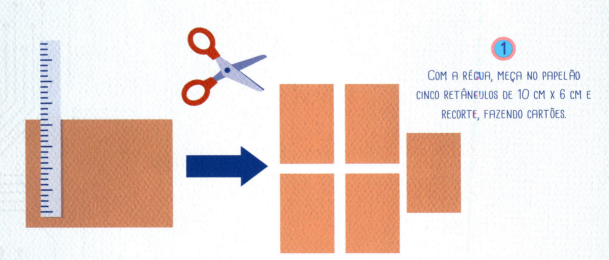

1 Com a régua, meça no papelão cinco retângulos de 10 cm x 6 cm e recorte, fazendo cartões.

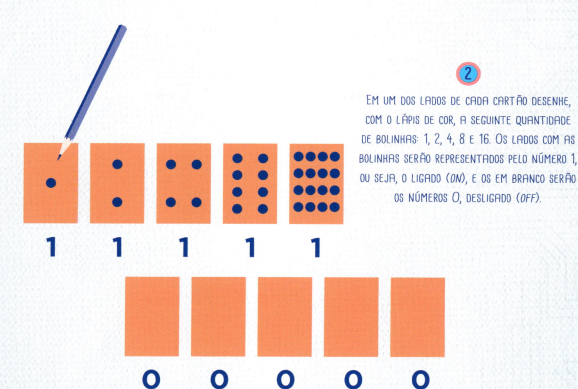

2 Em um dos lados de cada cartão desenhe, com o lápis de cor, a seguinte quantidade de bolinhas: 1, 2, 4, 8 e 16. Os lados com as bolinhas serão representados pelo número 1, ou seja, o ligado (ON), e os em branco serão os números 0, desligado (OFF).

3 Apoie os cartões em uma superfície, lados com bolinhas para cima, na ordem decrescente, começando pelo número 16. Vire alguns cartões deixando o lado em branco para cima. Some o número de bolinhas; essa é a representação binária do número. Veja o exemplo:

Resposta: 19.

4 Quer desvendar novos mistérios? Tente fazer outros números e crie novas combinações!

PROGRAMAÇÃO PLUGADA

Chegou a hora de plugarmos nossas atividades! Vamos conhecer melhor sobre esse tipo de linguagem de programação por blocos através de programas educacionais, começando por um que se assemelha muito a um jogo de encaixar peças, mas na versão digital.

O Scratch é uma linguagem de programação criada por um grupo nos Estados Unidos chamado Lifelong Kindergarten, do Instituto de Tecnologia de Massachusetts (MIT), e tem por objetivo ensinar a lógica de programação. Com esse programa é possível criar histórias, jogos e animações utilizando *scripts* (roteiros) feitos com blocos. É um tipo de programação que você deverá dar os comandos, permitindo que qualquer pessoa aprenda mesmo sem nunca ter programado.

Mão na massa

Anime um personagem no Scratch

Para sua primeira atividade de programação, você precisa de um computador com acesso à internet. Acesse o endereço https://scratch.mit.edu/. Observe a barra de navegação; a partir dela será possível criar, explorar, ter ideias e utilizar o programa.

Se quiser pertencer à comunidade que usa Scratch ao redor do mundo será preciso criar uma conta com *e-mail* e uma senha. Antes de realizar a nossa atividade, navegue livremente para conhecer e explorar o *site* e o programa.

Ao clicar em **Criar** você terá a opção de iniciar o seu projeto, que poderá ser um objeto se movendo, uma história ou um jogo. Lembre-se de que você precisa dar o comando ao computador, ou seja, relacionar os códigos para fazer isso acontecer.

Clique no símbolo de globo para escolher no menu o idioma português brasileiro.

37

Os **códigos** no Scratch estão separados por cores na barra lateral. É preciso arrastar o código escolhido para o campo em branco e o programa deverá realizá-lo. Por exemplo: quando clicar na bandeira verde, mova 10 passos.

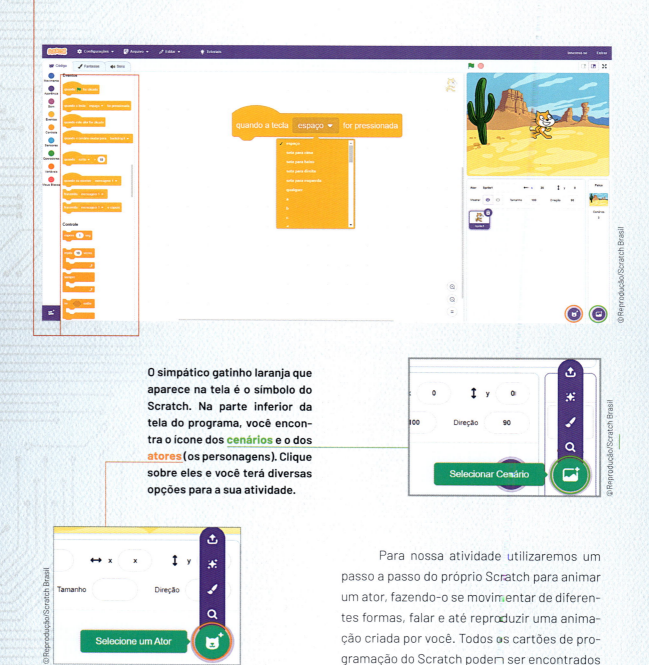

O simpático gatinho laranja que aparece na tela é o símbolo do Scratch. Na parte inferior da tela do programa, você encontra o ícone dos **cenários** e o dos **atores** (os personagens). Clique sobre eles e você terá diversas opções para a sua atividade.

Para nossa atividade utilizaremos um passo a passo do próprio Scratch para animar um ator, fazendo-o se movimentar de diferentes formas, falar e até reproduzir uma animação criada por você. Todos os cartões de programação do Scratch podem ser encontrados em mod.lk/cscratch. Acesso em: 15 set. 2023.

38

Mão na massa

Primeiros comandos e jogos

Escolha o cenário da sua animação no botão correspondente. Clique no símbolo de lupa para procurar entre as opções disponíveis. Faça o mesmo para escolher o ator. Você viu que os códigos para fazer a animação estão na lateral esquerda, separados por cores. Observe que os blocos se encaixam e que alguns dos comandos de Eventos devem ser encaixados no começo. Dentro de cada comando, é possível alterar suas regras; por exemplo, você pode escolher quantos passos seu ator dará após algum evento.

Faça o comando abaixo. Você está instruindo seu ator a, quando você pressionar a tecla de espaço, se mover 10 pontos para cima e para baixo. Isso fará que seu ator pule, experimente!

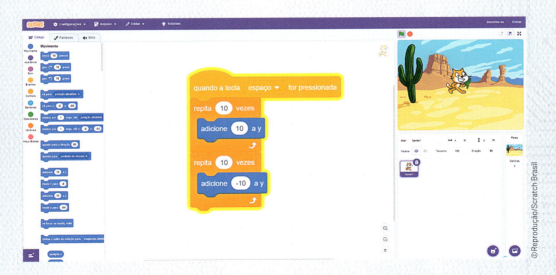

Agora você já pode seguir o passo a passo do cartão do **Jogo de Pular** e criar seu primeiro jogo! Quando estiver craque, você pode tentar o **Jogo da Coleta**!

E que tal pensar no nosso planeta e recriar um jogo a respeito da sustentabilidade e do descarte correto do lixo? Já vimos vários objetos que podemos reutilizar, diminuindo os impactos ambientais. Se escolher compartilhar seu jogo na comunidade Scratch, você poderá orientar outras pessoas a cuidar do nosso planeta. Reúna também seus amigos, professores e jogue com eles o jogo que foi criado por você!

Jogo de Pular
Disponível em: MOD.LK/JOGOPULA.
Acesso em: 15 set. 2023.

Jogo da Coleta
As instruções estão disponíveis em: MOD.LK/JGCOLETA
Acesso em: 15 set. 2023.

ROBÓTICA

A robótica é a ciência que estuda as tecnologias associadas à concepção e construção de robôs, mecanismos automáticos que utilizam circuitos integrados para realizarem atividades e movimentos humanos simples ou complexos.

Ela nos auxilia em indústrias, na medicina, mas também em tarefas do dia a dia. Através dela podemos medir a temperatura de uma plantação, fazer um eletrodoméstico funcionar, automatizar o processo de irrigação do quintal, auxiliar as pessoas com deficiências, entre outras possibilidades.

Em muito do que faremos aqui você irá trabalhar coisas que está aprendendo na escola, como matemática, história, geografia e língua portuguesa.

saiba +

O conceito de robótica nasceu de um gênio da ficção científica, Isaac Asimov (foto). Em 1941, ele usou o termo para definir a tecnologia da criação, produção e gerenciamento de robôs em seu livro *Eu, robô* (Editora Aleph, 2014), como uma ramificação da chamada eletrônica, até então utilizada para designar a ciência relativa aos aparelhos e equipamentos elétricos.

©Peter Jones/Corbis Historical/Getty Images

A HISTÓRIA DOS ROBÔS

1495 → **Leonardo da Vinci** desenha croquis para um autômato que batiza como **Cavaleiro Mecânico**.

1560 → O italiano **Juanelo Turriano** (nascido Giovanni Torriano) cria, na Espanha, um **autômato em forma de monge**, capaz de andar, mover braços, olhos, lábios e cabeça.

1898 → O engenheiro sérvio **Nikola Tesla** demonstra em Nova York o primeiro barco dirigido por radiofrequência, chamado **Teleautomaton**.

1939 → O robô humanoide **Elektro**, fabricado pela americana Westinghouse Electric Corporation é exibido na Feira Mundial de Nova York.

1920 → O termo *robô* é usado pela primeira vez na peça de teatro *R.U.R (Rossum's Universal Robots)*, de Karel Tchapek.

1903 → O espanhol **Leonardo Torres y Quevedo** apresenta, em Paris, o autômato **Telekino**, que executa comandos a partir de sinais transmitidos por ondas eletromagnéticas.

1961 → Entra em operação o primeiro robô industrial, o **Unimate**, desenvolvido por George Devol.

1967 a 1972 → O primeiro androide inteligente e em grande escala, **WABOT-1**, é desenvolvido na Universidade Waseda no Japão.

1974 → Entra em funcionamento na Suécia o primeiro robô industrial acionado por microcomputador, o **IRB**, fabricado pela empresa ABB.

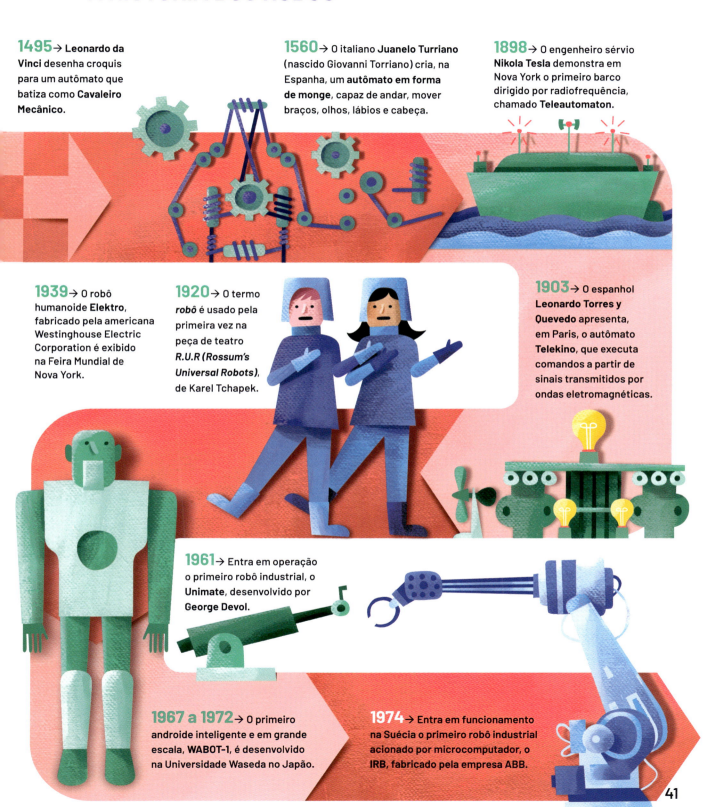

41

Adaptado de: VEJA. Robótica nas escolas: impacto pedagógico e futuro profissional, disponível em: https://mod.lk/vlesy. Acesso em: 15 set. 2023.

ROBÓTICA COM SUCATA

Você aprendeu o que é robótica e pode pensar que é algo muito complicado e distante. Pois saiba que podemos trabalhar essa ciência usando materiais simples e reciclados, usando a proposta que dá nome ao livro: robótica com sucata.

Essa metodologia desperta o desejo de criar projetos que se movam, reajam, interajam e se comuniquem e introduz recursos relacionados à mecânica, eletrônica e programação, exercitando o que aprendemos nos capítulos anteriores, sem perder o olhar essencial para a sustentabilidade.

A robótica com sucata está presente em mais de 5.400 escolas desde 2019 e se tornou uma política pública no Estado de São Paulo.

VAMOS INICIAR JUNTOS ESSA AVENTURA?

Conhecendo um pouco sobre o circuito elétrico

Podemos definir **circuito elétrico** como um caminho fechado por onde corre a eletricidade, ao qual é possível incorporar componentes elétricos e eletrônicos para que desempenhem alguma função. Um motor pode ser utilizado para gerar movimento, uma lâmpada ou um LED podem ser utilizados para gerar luz e um *buzzer* pode ser utilizado para gerar som, desde que estejam conectados corretamente ao circuito.

Já conhecemos alguns destes circuitos, porque eles estão presentes em brinquedos eletrônicos e em nossa casa, como nos interruptores de luz e nos eletrodomésticos.

Para montarmos um circuito elétrico, precisamos de uma **fonte de energia**, **fios elétricos** e de **componentes**. Para conectar os elementos corretamente, é importante lembrar o conceito de caminho fechado. Esse caminho fechado pode ser explorado, por exemplo, por meio de um circuito elétrico construído para acender um LED.

Observe na figura abaixo como é possível conectar o polo positivo da bateria no LED e o polo negativo de volta na bateria, construindo um fluxo elétrico.

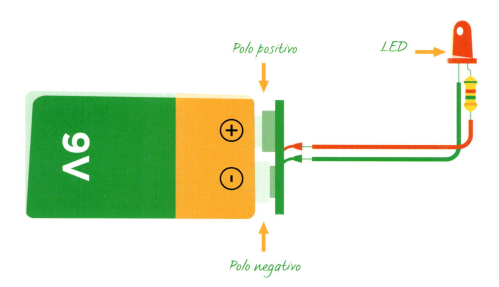

Se quisermos incrementar o circuito, podemos adicionar um interruptor para que o LED só ligue nos momentos corretos, interrompendo o fluxo elétrico quando necessário. Você vai ver, mais adiante, que esse mesmo conceito será aplicado quando usarmos uma placa microprocessada para decodificar uma programação.

Arduino

Arduino é uma placa de prototipagem eletrônica muito versátil e amplamente utilizada por estudantes e profissionais das mais diversas áreas. Uma de suas vantagens é que, para sua programação, é possível utilizar programas de computador livres e gratuitos.

O objetivo principal do Arduino é tornar o acesso à prototipagem eletrônica mais fácil, mais barata e flexível. Com ele é possível criar projetos variados em eletrônica, desde os mais simples, como os projetos que faremos aqui, até aplicações intermediárias, como Internet das Coisas (IoT), robôs, sistemas de automação residencial ou industrial, alarmes e outros.

O Arduino será necessário para nossos próximos passos na robótica. Para montar um projeto que envolva essa placa, é preciso conectar duas linguagens diferentes: a programação e a eletrônica. Por isso, vamos conhecer alguns recursos para apoiar seus primeiros passos nesse tipo de programação.

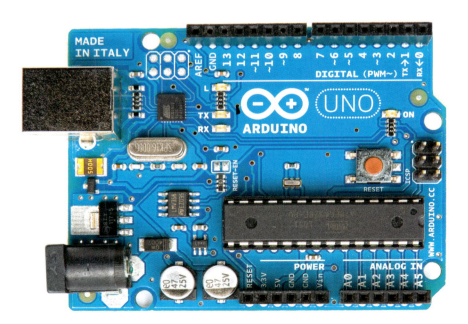

Mão na massa

Projeto Semáforo: Circuito

Para iniciarmos a prática do mundo da robótica com sucata é importante entender o funcionamento dos circuitos elétricos, testar e evitar erros que possam prejudicar os materiais utilizados. Para isso podemos utilizar uma ferramenta digital de simulação, como a Tinkercard. Esta plataforma *online* gratuita fornece a seus usuários a oportunidade de fazerem simulações de projetos 3D de eletrônica e de codificação.

Acesse o endereço: https://www.tinkercad.com/ e faça sua inscrição clicando em "Inscreva-se agora". Para criar uma conta é preciso incluir um e-mail e alguns dados, por isso peça ajuda a um(a) professor(a) ou familiar.

Já logado, clique em "Projeto" e "Crie seu primeiro projeto de circuitos".

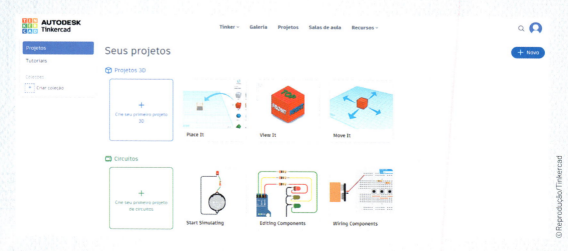

Selecione, nas opções disponíveis à direita, os seguintes componentes: três LEDs (um vermelho, um amarelo e um verde), três resistores de 130 Ω, uma placa Arduino e uma protoboard, também conhecida como placa de ensaio. Ao adicionar um componente na área de trabalho, é possível configurá-lo.

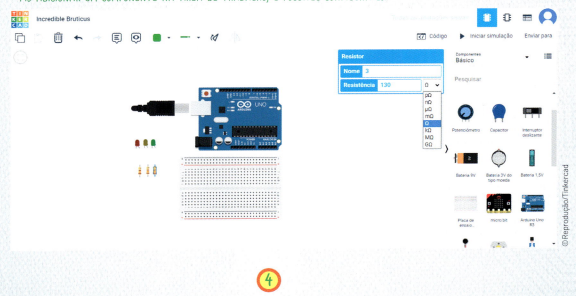

④

Inicie as conexões dos LEDs na placa de ensaio, na sequência vermelho, amarelo e verde. Uma sugestão é conectar os terminais negativos (os fios da esquerda) nos pontos **F5**, **F10** e **F15** e os terminais positivos (os da direita) nos pontos **F6**, **F11** e **F16**.

Ligue os resistores na placa de ensaio. Seguindo a posição dos LEDs, a ponta de baixo dos resistores deve estar na linha J, acompanhando os polos negativos dos LEDs, como na imagem.

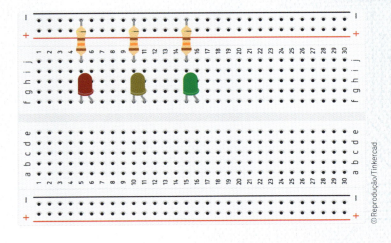

47

Agora vamos ligar o Arduino a nossa placa de ensaio por meio de fios. Para ficar mais fácil, utilize fios das mesmas cores dos LEDs, selecionando o tipo e a cor do fio nestes botões:

Os fios devem fazer o seguinte caminho:

- Vermelho: do **TERMINAL -10** ao ponto **J6** da placa de ensaio;
- Amarelo: do **TERMINAL -9** ao ponto **J11** da placa de ensaio;
- Verde: do **TERMINAL 8** ao ponto **J16** da placa de ensaio.

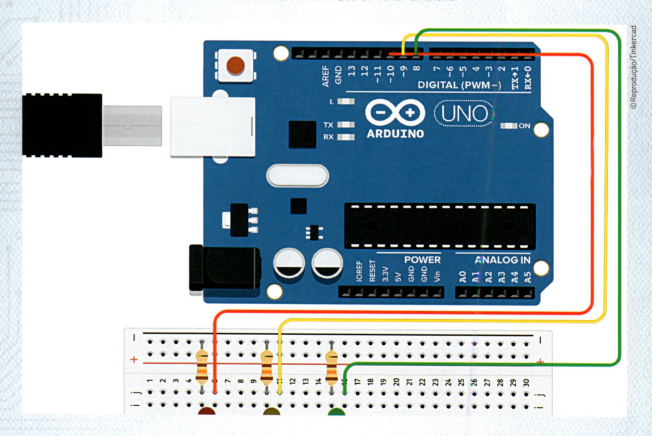

Para finalizar, utilize um fio preto para fazer a ligação da porta GND da placa Arduino com o polo negativo da placa de ensaio, como na imagem.

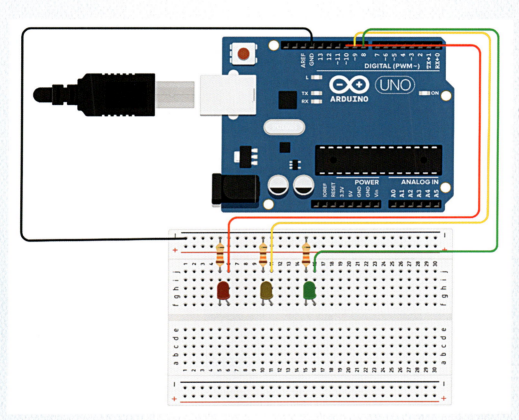

Para validar se seu circuito está funcionando, clique em "Iniciar simulação". Os LEDs devem acender na ordem.

Mão na massa

Projeto Semáforo: Programação

Após montarmos o circuito elétrico do nosso semáforo, passaremos agora para a sua programação, ainda no Tinkercad. Para começar, clique em "Código", na parte superior direita da tela.

Para que um semáforo funcione corretamente, é preciso compreender seu funcionamento. Através de cores, ele indica quando podemos seguir (verde), quando devemos ter atenção (amarelo) e quando devemos parar (vermelho), e suas regras se aplicam aos pedestres e aos motoristas.

Assim como no semáforo de verdade, enquanto uma luz (o LED) estiver acesa, as outras duas estarão apagadas. Criaremos essa condição por meio da programação. Você já programou no Scratch e aprendeu como funcionam os comandos por blocos. Para realizar essa programação, seguiremos a mesma lógica e os passos à frente.

Vamos interpretar o comando básico para nossa tarefa?

50

Dentro dos comandos de "Controlar" selecione o "Repetir 10 vezes" e altere para duas vezes.

Encaixe três comandos "definir pino 0 como ALTO", alterando para as configurações a seguir. O comando ALTO indica que o LED estará em funcionamento e o comando ABAIXO indica que o LED aguardará.

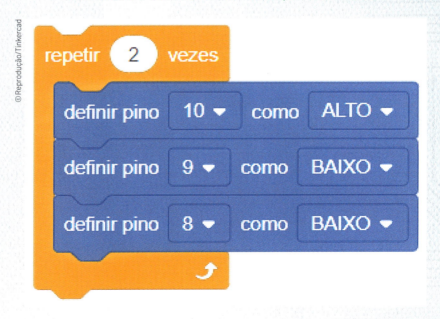

Para que o semáforo funcione corretamente, precisamos estabelecer o tempo entre o acendimento dos LEDs. Neste caso, insira o comando de intervalo configurado para dois segundos.

Na sequência, crie o comando da programação em que o LED vermelho irá se apagar e o LED amarelo irá acender, alterando o comando do pino.

O MESMO DEVE SER FEITO PARA O LED VERDE. AO FINAL, COMPLETE A PROGRAMAÇÃO COM O COMANDO DE AGUARDAR DOIS SEGUNDOS PARA RECOMEÇAR. ESTE DEVE SER O RESULTADO FINAL.

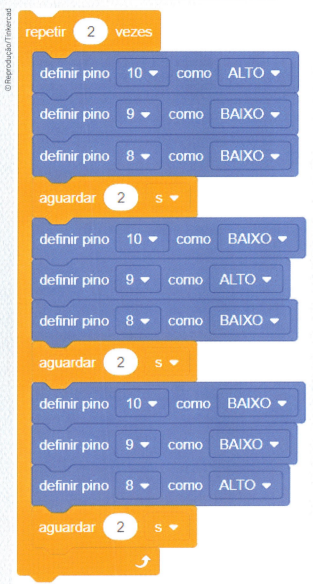

AGORA, CLIQUE EM "INICIAR SIMULAÇÃO" PARA VER SUA PROGRAMAÇÃO EM FUNCIONAMENTO. VOCÊ IRÁ PERCEBER QUE AS CORES DO LED IRÃO FUNCIONAR IGUAL AS DO SEMÁFORO.

53

Mão na massa

Projeto Semáforo: programação na placa Arduino

Está gostando do nosso projeto? Está na hora de transferir sua programação para a placa Arduino. Para isso, será necessário instalar o programa Arduino IDE no seu computador. Ele está disponível em mod.lk/arduino. Acesso em: 15 set. 2023.

Ao conectar a placa com o cabo USB, o Windows iniciará a instalação dos drivers, caso você ainda não tenha feito a instalação.

A janela "Adicionar novo hardware" aparecerá logo em seguida:

- Ao abrir a janela, selecione "Não, não agora" e, em seguida, clique em avançar.

- Selecione "Instalar o *driver* de uma lista ou um lugar específico (avançado)", clicando em avançar.

- Observe se "Procurar o melhor *driver* nestes lugares específicos" está selecionado. Em seguida, retire a seleção "Procurar em mídias removíveis", selecionando "Incluir este lugar na procura". Vá ao diretório "*drivers*" do Arduino, buscando a pasta que você descompactou anteriormente. Depois, clique em avançar.

- O *Windows* buscará pelo *driver* e apresentará uma janela mostrando que um "USB Serial Converter" foi encontrado. Clique em finalizar.

- A janela "Adicionar novo *hardware*" aparecerá novamente. Siga os mesmos passos, seguindo as mesmas opções anteriores. Desta vez, uma **porta serial usb** será encontrada.

- Você poderá verificar se os *drivers* foram instalados clicando no menu iniciar e depois em Painel de Controle > Sistema e Segurança > Sistema > Gerenciador de Dispositivos. Procure por "USB Serial Port" na seção "Portas (COM e LPT)". Parece complexo, mas não é. Basta seguir todos os passos e se houver algo errado, recomece do início.

- Dê um duplo clique no aplicativo do Arduino. Selecione o idioma (File > Preferences ou Arquivo > Preferências). Daqui por diante, escolha o idioma: **português do Brasil**.

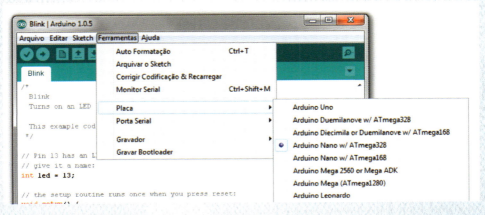

- Você deverá selecionar o tipo da placa que está utilizando. Sugerimos a placa Arduino UNO. Selecione a opção a ser utilizada no menu Ferramentas > Placa que corresponde ao seu tipo de Arduino.

- Agora, ao clicar no botão "Carregar", espere alguns segundos — você verá os LEDs RX e TX na placa piscando. Se o *upload* for feito corretamente, a mensagem "Transferência concluída" aparecerá na barra de *status*.

- Alguns segundos após o *upload* terminar, você deve ver o LED do pino 13 na placa começar a piscar. **Se isso aconteceu, parabéns!** Você conseguiu configurar o Arduino e colocou seu primeiro programa para funcionar. Se não acontecer, não tem problema, volte ao início e reveja os passos.

Adaptado de: https://mod.lk/ardutut. Acesso em: 15 set. 2023.

Mão na massa

Projeto Semáforo: Estrutura

Para finalizar seu projeto de semáforo, selecione os materiais e componentes eletrônicos para sua construção. Aproveite para reutilizar objetos recicláveis que você já possui em sua casa. Você pode utilizar, por exemplo, copinhos plásticos.

Materiais necessários

Componentes eletrônicos:

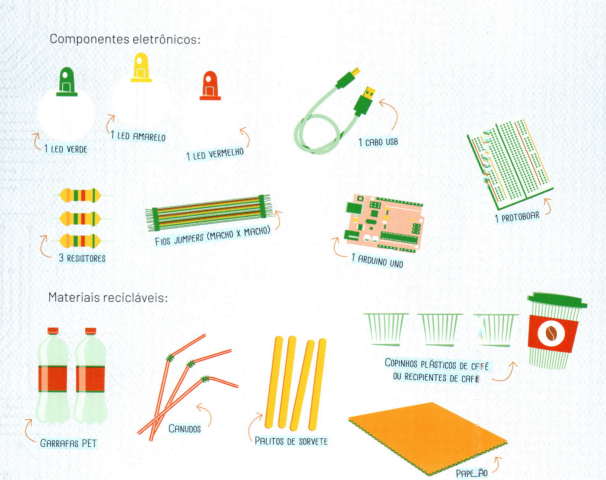

Os semáforos podem ser horizontais ou verticais, dependendo da cidade. Veja o exemplo e use sua criatividade para montar a estrutura do seu!

IDEALIZANDO NOVOS PROJETOS

Depois de aprender tanto sobre cultura *maker*, programação desplugada, plugada e robótica com sucata é hora de usar a criatividade para criar novas ideias. Lembre-se: você pode construir o que quiser, a partir dos conhecimentos adquiridos. Pode ser uma mensagem codificada, um jogo, uma história e ou até um projeto que vai mudar a nossa história e aumentar a nossa qualidade de vida!

Pense em algum problema que gostaria muito de resolver e faça uma **tempestade de ideias**. Este termo, que vem do inglês *brainstorming*, representa uma técnica usada em dinâmicas, e que serve para explorar e desenvolver nossas habilidades, potencialidades e criatividades para um objetivo.

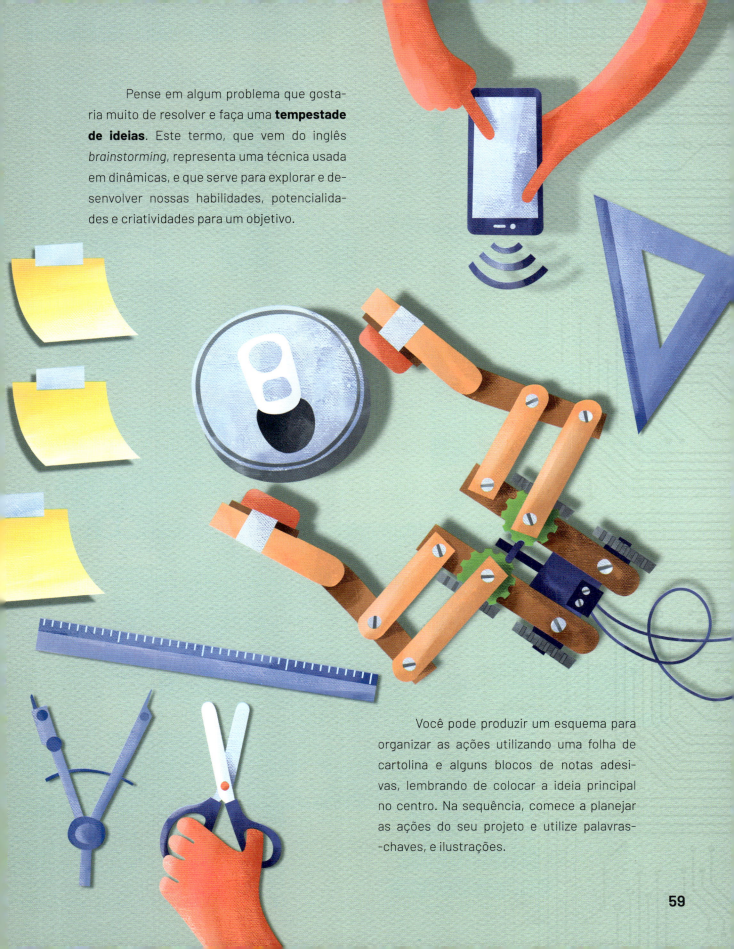

Você pode produzir um esquema para organizar as ações utilizando uma folha de cartolina e alguns blocos de notas adesivas, lembrando de colocar a ideia principal no centro. Na sequência, comece a planejar as ações do seu projeto e utilize palavras-chaves, e ilustrações.

Liste ideias do que você quer construir.
Escreva no seu esquema de tempestade de ideias.

1

2
Faça a lista de materiais.
Pense em coisas que você tenha em casa e, caso não possua nenhum material, planeje a substituição.

3
Pense na montagem do projeto.
Ele terá programação desplugada e/ou plugada? Terá circuito elétrico? Escolha suas opções e realize a representação em uma folha de como será o seu projeto.

Tempestade de ideias

Reflita sobre as dificuldades para realizar o projeto.
Qual é o problema escolhido? Qual a solução encontrada para ele? Planeje e anote as eventuais dificuldades para realizar o projeto e quais são as possíveis soluções.

4

6 — Coloque a mão na massa!
Você é protagonista na construção do seu projeto!

5 — Revisite o livro e suas produções "Mão na massa".
Você pode ter inspirações para sua nova construção, além de reutilizar alguns passos. Não tenha receio de errar, isso faz parte do processo de aprendizagem.

7 — Use os simuladores e teste os seus projetos.
Todos podemos criar e desenvolver projetos incríveis, e a melhor maneira de aprendermos é errando, testando, refazendo, criando e recriando. A aprendizagem com as mãos proporciona colocar em prática muitos aprendizados. O processo de criação é fruto de informação e muito planejamento.

8 — Compartilhe!
Com seus amigos, na escola e em casa, mostre a todos o que você aprendeu e construiu!

FINAL DA AVENTURA

Chegamos ao final da nossa aventura e de novas descobertas. Foi incrível navegar com você pelo mundo da cultura *maker*, programação e robótica, desvendando curiosidades, aprendendo sobre o passado e presente e planejando o futuro.

Juntos, tivemos a oportunidade de construir diversos projetos, e por fim você pôde colocar em prática o que aprendeu, idealizar e fazer o seu próprio!

Além de tudo, você também aprendeu a cuidar do nosso planeta e a exercer ações sustentáveis, como reaproveitamento de materiais para construir novos projetos, e colocar a filosofia *maker* em ação ao praticar os pilares, como **criatividade**, **colaboração**, **escalabilidade** e **sustentabilidade** com muita mão na massa.

Agora você já pode explorar novas ideias. Reúna os amigos, os professores, os familiares, e não se esqueça de usar e praticar os 5Rs e continuar a ser um defensor da natureza. E ainda temos uma atividade extra para você ir além e explorar novos conhecimentos no universo da programação e da robótica com sucata. Para ter acesso, direcione uma câmera de celular para o QR code que aparece ao lado e siga os passos para essa aventura!

Sobre a autora

Sou formada em Letras e Pedagogia, mestra em Linguística Aplicada e professora da rede pública de ensino da cidade de São Paulo. Desde pequena sempre gostei de desmontar e montar coisas, para conhecer como elas funcionam por dentro e ter a oportunidade de ressignificá-las. Assim, uni minhas paixões: lecionar, tecnologia e inovação, aliadas a ações sustentáveis.

Como professora, conheci muitas histórias e pude, com elas, idealizar o trabalho de robótica com sucata, que dá nome ao meu primeiro livro e a este, além de ser uma política pública estadual de São Paulo, presente em mais de 5.400 escolas, uma metodologia de ensino e eternizada aqui para que possa levá-la com você.

Ao longo da minha carreira, recebi importantes prêmios nacionais e internacionais e no ano de 2019 fui a primeira mulher brasileira e a primeira sul-americana a chegar à final do *Global Teacher Prize* e ser laureada como uma das 10 melhores professoras do mundo.

As experiências deste livro foram testadas em sala de aula, para que você possa ser um(a) fazedor(a) e também um(a) ativista ambiental.

Débora Garofalo

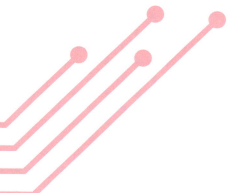